ALEXANDRE HURÉ

L'INVASION

A bello ad bellum.

PARIS

LIBRAIRIE DES BIBLIOPHILES

M DCCC LXXXVIII

L'INVASION

Du même auteur

POÉSIES

LES FOLIOLES.

DAVID LIVINGSTONE.

CENTENAIRE DE CALDERON.

LE PRINCE IMPÉRIAL, contenant : *Une Visite au Général Clifford.*

AD GLORIAM.

RÉSURRECTION.

LA PUNAISE, brochure in-8 écu, avec des dessins en tête et dans le texte.

MARGUERITE, petit poème en prose.

LE VOLONTAIRE, épisode de la guerre du Tonkin.

Ces deux derniers ouvrages sont ornés d'une eau-forte de Léopold Flámeng.

ALEXANDRE HURÉ

L'INVASION

A bello ad bellum.

PARIS

LIBRAIRIE DES BIBLIOPHILES

Rue de Lille, 7

M DCCC LXXXVIII

TIRAGE A PETIT NOMBRE

Il a été tiré en outre 25 exemplaires sur papier du Japon.

AUX FEMMES DE FRANCE

L'INVASION

« O toi, mon fils, né d'un baiser,
Plus cher encor par la souffrance !
O toi, mon fils, mon espérance,
Que je tremblais de voir briser !
O toi, ma chair ! ô toi, mon âme !
Fruit de mes entrailles de femme !
Mon fils, où vas-tu t'exposer ?

— Mère, le pays me réclame.

— Quoi ! l'enfant sorti de mon sein,
L'enfant dont je veillais le somme,
Cet enfant dont j'ai fait un homme,
Pour quelque ténébreux dessein,
Ambition inassouvie,
Irait sacrifier sa vie !
Prendre nos fils, c'est un larcin !

— Mère, le pays nous convie.

— Comptez-vous pour rien notre émoi,
Vous qui nous coûtez tant de larmes ?
Mères, mettre en vos mains des armes !
Non, nous renions cette loi.
Es-tu donc insensible? Arrête !
Aille au combat qui le décrète.
Tes jours, ô mon fils, sont à moi !

— Mère, mais le pays s'apprête.

— A toi de pleurer mon trépas.
Mon fils, je t'ai créé pour vivre;
Mais exiger que je te livre,
Cela, non, je ne le puis pas!
Le sang féconde-t-il la terre?
Maudite, maudite la guerre,
Qui vous arrache de nos bras!

— Mère, pour le pays espère.

— C'est à toi de porter mon deuil.
Et n'est-il pas assez de tombes,
Qu'il faille encor vos hécatombes?
A toi de draper mon cercueil.
Cela, c'est la loi de nature.
Mais où sera ta sépulture,
Mon fils, si tu heurtes l'écueil?

— Mère, pour le pays endure.

— Où sera-t-elle, l'humble croix ?
Où sera-t-il, le saule, l'arbre
Pleureur qui couvrira ton marbre ?
O mères, élevez vos voix :
De vos enfants on fait litière !
C'est une force, la prière,
Qui plaît au Ciel, impose aux rois !

— Mère, pour le pays sois fière.

— Toujours, toujours le même accent,
Triste comme une mélopée,
Froid comme l'acier d'une épée
Qui me transpercerait le flanc !
Maudites, défaite, victoire,
Et ces longues pages d'histoire
Que l'on écrit avec du sang !

— Mère, un peuple veut de la gloire.

— Ta phrase vient comme un refrain.
Ce n'est pas l'écho de ma plainte ;
C'est, le soir, la cloche qui tinte ;
C'est la rafale, c'est le grain.
Ah ! maudites soient les conquêtes
Que l'on paie au prix de vos têtes,
Et par le plomb et par l'airain !

— Mère, est-il un lac sans tempêtes ?

— Toujours, toujours les mêmes sons.
Avec la même violence,
Ils frappent comme un fer de lance ;
Ils font naître en moi des frissons,
Tels qu'en produit un vent d'orage ;
Je crois que me charge avec rage
Un cavalier sur ses arçons.

— Mère, pour le pays, courage !

— Je crois entendre un chant de mort.
Te perdre! Ah ! le Ciel me terrasse!
Viens, viens, mon fils, que je t'embrasse,
Et que je t'étreigne bien fort!
Tel un lierre enserre le chêne,
Qui ne peut rompre cette chaîne;
Telle une ancre immobile au port.

— Mère, pour l'honneur, à la peine!

— Le reverras-tu, ton berceau?
Le nid que laisse l'hirondelle,
Souvent, que devient-il, loin d'elle?
Au moins, en est-il un morceau?
Longtemps autour elle voltige,
Et n'en découvre aucun vestige
Sous la gouttière ou vers l'arceau.

— Mère, mais le devoir oblige!

— L'infatigable moissonneur,
Qui, dans la paix, fait tant de gerbes,
Nous aura couchés sous les herbes,
Tuant tout rêve de bonheur.
Le bûcheron, ferme à sa tâche,
Aura sapé d'un coup de hache
L'arbuste atteint droit dans le cœur !

— Mère, je ne puis être lâche !

— Sais-tu quel amour est en nous ?
Peut-être est-ce de la démence ?
Ah ! j'en appelle à ta clémence,
Dieu de pitié, non de courroux !
Et c'est, abîmée et meurtrie,
Et que j'implore et que je prie !
Mon fils, je suis à tes genoux !

— Mère ! mère ! mais la patrie !

— Qu'ai-je entendu?... C'est le canon!
Tout près de la frontière il gronde...
Déjà des fils sont morts au monde !
Pleurez, mères, pleurez! Quel nom
Pour te flétrir ? De quelle tare
Te marquer, ô guerre barbare?
Ah! je voudrais douter! Non ! non !

— Mère, à ce torrent une barre!

— Pleurez, les épouses, les sœurs !
Dites-vous : « Celui-là que j'aime
N'est plus peut-être à l'heure même! »
Ces bruits? Sinistres précurseurs
De la ruine qui menace !...
Ont-ils la haine si tenace
Dans le camp de nos oppresseurs ?

— Mère, en attendrons-nous la grâce?

— Quel est ce spectacle à mes yeux?
O sacrilège! L'incendie!
Indignation! perfidie!
Et la flamme empourpre les cieux!
Effondrement de l'édifice!
Le triomphe du maléfice!
L'effroi dans nos cœurs anxieux!

— Mère, l'heure du sacrifice!

— Que vois-je encore, à l'horizon?
Comme le flot qui se déroule,
Enfants, femmes, vieillards, en foule
Ils désertent de leur maison!
Les troupeaux, tassés pêle-mêle,
Les bœufs vers le mouton qui bêle,
Vont, éperdus et sans raison!

— Mère, m'as-tu fait homme frêle?

— Et les clameurs montent dans l'air,
Comme un bourdonnement de ruche !
Chacun se hâte, court, trébuche ;
Dans le vacarme luit l'éclair ;
De tous côtés part l'étincelle
Qui, tout aussitôt après elle,
Entraîne l'ouragan de fer !

— Mère, cette heure est solennelle !

— Et, dans un vaste tournoiement,
Cyclone qui se précipite,
Il brise, hache, décapite,
Glaive qui tranche aveuglément !
Dans la tourmente qui charrie,
Il semble qu'un vent de furie,
Vengeur, souffle le châtiment !

— Mère, ayons une âme aguerrie.

— Et qu'une gigantesque main
S'appesantit, et, justicière,
En traits de feu, dans la poussière
S'amoncelant sur le chemin,
Trace des mots énigmatiques :
Mané, Thécel, Pharès, antiques,
Punition du genre humain !

— Mère, montrons-nous héroïques !

— Qu'elle accumule les fléaux,
Contre lesquels rien ne protège ;
Qu'elle dirige le cortège
De tous les esprits infernaux,
Ouvre la grille à la panthère,
Qu'elle bouleverse la terre,
Incommensurable chaos !

— Mère, la foi que rien n'altère !

— Et qu'éteignant l'astre du jour,
L'homme, le pied sur la margelle
De l'abîme, elle le flagelle
Et le déchire tour à tour,
Tandis que dans son cœur qui peine
Elle plante et fixe la haine,
Ayant déraciné l'amour !

— Mère, la douleur n'est point vaine.

— Alerte ! fondez, escadrons !
C'est la moisson, fauchez des têtes !
Avant, jusqu'au vif de vos bêtes
Piquez vos larges éperons !
Et leurs naseaux tout blancs d'écume,
Le sabre au clair, comme une plume
Léger, tuez ! mourez !... mourons !

— Mère, se dissipe la brume.

— Vous nous percez aussi le sein;
Chaque fois se creuse une tombe
Pour nous, lorsque l'un de vous tombe!
Tuez! mourons! Sonne, tocsin!
Pour toi, mon fils, pour moi, ta mère,
Retentisse un glas funéraire!
Fais ton œuvre, fer assassin!

— Mère, les rigueurs de la guerre!

— Fais le vide dans les cités;
Qu'aucune ne soit épargnée;
Pratique l'immense saignée!
Puisqu'il faut ces atrocités,
Pour t'infuser, race asservie,
Une nouvelle et noble vie,
Ces maux, on les a mérités!

— Mère, disons comme à Pavie...

— Oui, tout soit perdu, fors l'honneur...
Eh bien ! aux armes ! pas de halte !
Française, à présent je m'exalte :
Mon cœur bat au droit de ton cœur !
Ah ! vois-tu, longtemps le feu couve ;
Mais, blessée, ainsi que la louve,
Je me retourne et n'ai plus peur !

— Mère, mère, je te retrouve !

— Oui, tout soit perdu, fors l'honneur !
Pour un temps refoulez vos larmes,
Mères ! L'invasion ! Aux armes !
Défends le foyer : ce bonheur.
Aux pieds, sentiments d'égoïsme !
Femme, j'aurai cet héroïsme,
Et j'étoufferai ma douleur !

— Mère, voilà bien le civisme !

— Oui, tout soit perdu, fors l'honneur!
Fais ton devoir, et moi ma tâche.
La cause est sainte, j'étais lâche!
C'est la guerre à l'usurpateur;
Sur lui l'avalanche de soufre!
Aux armes! Va, quoique je souffre!
Se révèle un libérateur!

— Mère, je reviendrai du gouffre.

— L'avenir, oui, je le pressens,
Se teinte de couleurs moins sombres.
Vaisseau, tu flottes, mais ne sombres;
Tu remontes, si tu descends.
Bon droit inspire confiance;
Tu bats toujours, cœur de la France!
La preuve en est à ces accents...

— Mère, tu doubles ma vaillance.

— Écoutons-les vibrer, ces voix,
Sorte d'appel d'une fanfare.
L'âme s'émeut, l'esprit s'effare,
Comme si, dans tous les beffrois
Secoués jusques à leur cime,
Les cloches, carillon sublime,
Sonnaient, et toutes à la fois!

— Mère, tout un peuple s'anime.

— Écoutons-les, ces chants guerriers,
Graves comme une hymne sacrée,
Puissants comme un bruit de marée.
Les étendards sont déployés,
Ainsi qu'aux plus beaux jours de fête.
Vont-ils encore à la défaite,
A d'autres revers essuyés?

— Mère, justice sera faite.

— Vont-ils à de nouveaux affronts?
Et verrons-nous tomber l'enseigne
Du bras qui l'arbore et qui saigne?
Deux fois cette honte à nos fronts?
Subjugués par le même maître!
France, tu ne peux cesser d'être :
Tu veux nos fils : nous les offrons!

— Mère, nous chasserons le reître!

— Ah! pour nous, c'est beaucoup de pleurs,
Donner le meilleur de soi-même!
Mais, si le péril est extrême,
Malgré nos troubles, nos pâleurs,
S'il le faut, pour le territoire,
Conserver grande ta mémoire,
Prends, ce sont nos plus belles fleurs!

— Mère, assurée est la victoire.

— Plus chers que le diamant, l'or,
Que les plus précieuses laques,
Comme à leur mère étaient les Gracques,
Ils sont notre plus beau trésor.
La Fortune soit ta complice ;
Nous épuiserons le calice,
Afin que l'aigle ait libre essor...

— Mère, le destin s'accomplisse.

— Et, dans un vol impétueux,
Tenant dans ses serres un foudre,
Fende les nuages de poudre,
Et des centres tumultueux,
Après avoir ouvert la brèche,
Monte, monte comme une flèche,
Plane dans le ciel fastueux...

— Mère, plus rien ne nous empêche.

— Et, loin du trait empoisonné,
Dans une sphère plus sereine,
Comme l'athlète dans l'arène
S'empare du prix décerné,
Ayant conquis l'indépendance,
Alors renaisse l'abondance,
Alors que tout soit pardonné !

— Mère, pour nous la Providence.

— Quels pensers viennent m'assaillir ?
Je faiblis... Je me croyais forte ;
Je m'étourdissais de la sorte.
Mon fils, je me sens défaillir !
Je ne puis vaincre mes alarmes ;
Je ne puis retenir mes larmes ;
Et, si tu meurs, dois-je vieillir ?

— Mère, l'entends-tu bien ? « Aux armes ! »

— « Aux armes ! » Ah ! souffle d'enfer !
« Aux armes ! » Tout mon sang se glace.
Et, moi, je voudrais crier : « Grâce ! »
« Aux armes ! » Je crois voir l'éclair
Qui, la nuit, flamboie et zigzague,
Plonge au côté comme une dague,
Trouant hideusement la chair !

— Mère, c'est le bond de la vague !

— Hélas ! trop verte floraison,
Des jeunes gens forment un groupe ;
Je vois croître, croître leur troupe.
Mon cœur, sois calme en ta prison...
Mais, c'est nos enfants qu'on décime !
Mais, il le faut, payons la dîme.
Demain tu parleras, raison.

— Mère, que vraiment magnanime !

— Allez, avec vous sont nos vœux.
Si malgré moi je garde crainte,
Si j'exhale encore une plainte,
S'il est des larmes dans mes yeux,
Si l'épreuve doit être dure,
Je ne faiblirai plus, je jure!
Et je le veux! oui, je le veux!

— Mère, le mal toujours ne dure.

— Allez, tout ne peut pas périr,
Contre l'envahissante horde!
L'heure est à Dieu : miséricorde!
Comme vous, nous saurons souffrir.
Allez, écrasez le reptile
Crachant le venin qu'il distille,
Dans ces combats qui vont s'ouvrir!

— Mère, l'œuvre sera fertile.

— Le lion n'était qu'endormi.
C'est le volcan jetant sa lave ;
C'est la révolte de l'esclave,
Et dont le bras s'est affermi.
Aujourd'hui, ce n'est plus naguère.
Vous la voulez ! Eh bien ! la guerre !
Malheur sur vous ! A l'ennemi !

— Mère, généreuse colère !

— Il est encore des lauriers
Chez celle que l'on croyait morte.
Viens, audacieuse cohorte,
Souiller notre sol de tes pieds ;
Mais, cette fois, traître, ta lance
Sera légère en la balance,
Et vous serez les châtiés !

— Mère, on aura vengé l'offense.

— Vous le repasserez, le Rhin
La nation se lève entière ;
Vous regagnerez la frontière,
Je vous le dis, l'épée au rein !
La Lorraine est de notre race :
Vous la rendrez ! Rendez l'Alsace !
Le sang versé pèse à Caïn !

— Mère, et ce sang veut qu'on l'efface.

— Je sais qu'il faut, au sein du feu,
Las ! que plus d'un des nôtres tombe ;
Mais je vois, derrière la tombe,
Des anges, messagers de Dieu,
Leur prêter l'appui de leurs ailes,
Couverts de palmes immortelles,
Les suivre en un paradis bleu !

— Mère, de telles morts sont belles !

— O toi, mon aimé, mon enfant,
Que je te bénisse et te presse !
Que je respire ta jeunesse !
Comme un talisman réchauffant,
Retiens mon image attendrie,
A l'heure du péril : je prie !
Va, mon fils !... Va !... Sois triomphant !

— Mère, pour toi, pour Dieu, patrie !

PENDANT L'ACTION

I

PENDANT L'ACTION

I

La nuit est calme et claire,
Sur cette étoile aux cieux
Porte avec moi les yeux,
Ma mère!
Et que par ses rayons,
Si loin que nous soyons,
Se rapproche notre âme,
Et qu'elle soit la flamme
Qui chauffe notre cœur,
Doucement lumineuse,
Ainsi que la veilleuse
Brille en un temple, au chœur!

II

Cette nuit est pour moi longue et pénible.
Je t'appelle, mon fils; je t'évoque en esprit;
Je joins les mains, j'étends mes deux bras vers le Christ,
Et, là-haut, vers le ciel inaccessible!
Tout irrite mes sens, tout attriste mon œil;
Car je te sais, mon fils, dans la mêlée,
Et j'ai des cris d'une mère affolée,
Et je ne vois partout que des scènes de deuil!...
Crucifié, qui gémis au Calvaire,
Le front ceint de l'épine, abreuvé par le fiel,
Que ton supplice infamant et sévère
Soit méritoire encore et touche l'Éternel!
Assez longtemps ont duré nos alarmes;
Qu'enfin il dicte une trêve des armes!
Assez de morts! assez de ce sang répandu!
S'il m'a prise en pitié, mon fils me soit rendu!

III

Que déjà loin est l'heure
Où je t'ai dit adieu !
« Reverras-tu le lieu
    De ta demeure? »
Ma mère, disais-tu.
Depuis, j'ai combattu.
Je vis; mais, dans la lutte,
Qu'est-ce que la minute?
Je suis moins que sur mer
N'est la frêle nacelle,
Où le marin chancelle
Et roule au gouffre amer !

IV

Oh ! ma frayeur s'accroît dans les ténèbres !
Qu'on prenne tout de moi ; mon fils soit épargné !
Fatalité, l'as-tu d'avance désigné ?
D'où viennent donc ces visions funèbres ?
Combien avec lenteur se déversent les jours !
De plus en plus aiguisant ma souffrance,
L'espoir suivi de la désespérance,
Et je crois au salut et retombe toujours !
Me sens-tu près de toi par la pensée,
Enfant que j'idolâtre, et dans ce même instant
Te semble-t-il me tenir embrassée ?
Tu souffres aussi ; mais je te sais militant.
Dans ton sommeil, ardemment tu m'appelles ;
Oui, je le sais : nos âmes ont des ailes !
Et j'entendrais ton souffle, et j'entendrais tes pas !
Tu vis ! et je le sens ; je ne me trompe pas !

V

Je te vois en prière,
Et j'entends tes sanglots,
Comme le bruit des flots,
Ma mère!
Ce n'est rien, les dangers,
Quand ils sont partagés.
Dis-toi, mère que j'aime :
« Il le fallait quand même. »
Sois forte jusqu'au bout.
On se bat comme un fauve;
Mais pour la France sauve
On peut accepter tout.

VI

Qu'elle est cruelle, ô mon fils, ton absence!
Mère, je ne puis pas commander à mon cœur;
Et je suis obsédée, et je crie, et j'ai peur!
Et je maudis toute mon impuissance!
Les heures dans la nuit résonnent comme un glas.
Et quand le vent se lamente et soupire,
Un froid me gagne, et je crois que j'expire!
Et mon sein se soulève, et je pousse un : hélas!...
Raison, raison, n'es-tu plus que l'esclave
Et craintif et rampant et qui se prête au fouet?
Y songes-tu? mais ton enfant est brave!
S'il est bien de ton sang, rougis d'être un jouet.
Dans les hasards du combat qui se livre,
Avec ton fils triomphe s'il doit vivre!
Mères, enfants, pour vous tous est égal le sort;
S'il meurt... tu resteras droite devant sa mort!

VII

Oui, je vois ton image;
Elle est le talisman,
Et comme le firman
Qui m'ouvre le passage.
Partout elle me suit;
Sous la tente, la nuit,
Et lorsque je repose,
Avec elle je cause;
Elle est comme un fanon,
Et, dans ma rêverie,
Mère, mère chérie,
D'amour je dis ton nom!

VIII

Résignons-nous; attendons, solitaire.
Oui, toute ma douleur, toute, pour ta rançon,
Mon fils; que sous la neige il soit une moisson!
Dure loi, mais peut-être salutaire.
Il faut des torrents d'eau pour que germe le grain :
Pluie et soleil sont ce qui le féconde.
Il faut, il faut les larmes en ce monde :
La nue en se crevant fait le ciel plus serein...
Mais viendra-t-elle enfin, l'heure promise?
Je t'interroge, Dieu : viendra-t-elle pour moi?
Abrège mon martyre!... Ah! que je dise,
Si tu meurs, ô mon fils, oui, je meurs avec toi!
Je tombe sous le même coup de hache!
N'aurai-je pas fourni toute ma tâche?
Pas plus loin que ta mort, et tout soit consommé!
O mon fils! ô mon fils! mon aimé! mon aimé!

IX

Bientôt le jour va poindre;
Mère : ce nom m'est doux!
Mère, quand pourrons-nous
Tous les deux nous rejoindre?...
A course de cheval,
On nous jette un signal.
L'action sera vive,
Peut-être décisive;
Alors, et chèrement,
Chacun défend sa vie;
Si tu l'augures, prie,
Surtout en ce moment!

X

Voici l'aurore; elle est dans tout son faste.
En reine, présidant au milieu de sa cour,
Aimable, elle répand ses grâces à l'entour.
Mais pour nos cœurs quel douloureux contraste!
Pourquoi ces flèches d'or? Faites-vous sombres, cieux!
Et couvrez votre azur et votre nacre.
Vous ajoutez à l'horreur du massacre,
Par cette apothéose et par ce merveilleux!
Plus d'un foyer pour longtemps sera vide.
De ces épis, combien, avant soleil couchant,
Seront mordus par la faucheuse avide?
Et les nids dépeuplés n'auront plus aucun chant;
C'est la curée, et les bêtes de proie
Sont là, guettant, sinistrement en joie!
Oh! mon cerveau se trouble! ô délire! ô stupeur!
Oh! la fièvre me brûle! A moi! j'ai peur! j'ai peur!

XI

Nous sommes tous en ligne ;
Encore cet effort !
Mère, je serai digne ;
Mais que mon cœur bat fort !
L'ennemi nous regarde,
Nous tenons sous son feu ;
Oh ! sois ma sauvegarde !
Mère ! mère ! Mon Dieu !

XII

Un son a traversé l'espace ;
Il m'a frappée ainsi qu'une balle qui passe !
O mon fils, est-ce ton appel ?
Il m'avertit : l'heure est grave. Pitié ! Ciel ! Ciel !

II

C'EST AUJOURD'HUI BATAILLE

C'est aujourd'hui bataille.
Et, pif! paf! pouf! allons!
Aujourd'hui je me taille,
Si j'échappe aux grêlons,
Ma paire de galons!

C'est aujourd'hui bataille.
Aux armes, sac au dos!
Que l'on nous ravitaille,
Et laissons-y nos os,
Ou soyons des héros!

C'est aujourd'hui bataille.
Ne mourons pas en vain ;
Qu'on perce la futaille,
Notre sang de chauvin
A la couleur du vin !

C'est aujourd'hui bataille.
Que l'on grimpe à l'assaut !
Entaille pour entaille,
Et bien dans le défaut !
L'étendard ferme et haut !

TIRAILLEURS

Turco, brûle ta poudre,
Sers ton plus bel atout.
Tirailleurs, pour découdre,
Sont tous des risque-tout !

Une balle me touche :
En vérité, c'est peu.
Par une autre cartouche
Répondons, vive Dieu !

Sans que l'on soit altesse,
En gens bien élevés,
On se doit politesse ;
A mon tour : enlevez !

Continuons la fête ;
Encore un biscaïen.
Vous remettrez ma tête,
Monsieur le chirurgien.

Nez d'argent, œil de verre,
Une quille de bois,
Ça n'avantage guère ;
Mais cela vaut la croix !

Turcos, à l'arme blanche !
Cela vous va surtout.
Nous sommes l'avalanche,
Les démons risque-tout !

ZOUAVES

Zouave rouge aussi vaut bien un bleu,
Morbleu !
Et nous avons, sacré mille badernes !
Plus d'un bon tour au fond de nos gibernes.

Nous allons les tâter au bas du rein,
Un brin.
Les parpaillots vont jaunir comme beurre ;
A leur cadran nous allons marquer l'heure.

Heure de France ! on a tout ce qu'il faut.
Oh ! oh !
Rouges et bleus, esquissons un quadrille !
On a la clef qui fait tourner l'aiguille.

Notre brevet : horlogers de l'État.
Ah ! ah !
Les parpaillots vont fondre comme beurre ;
A leur coucou nous allons régler l'heure.

MARINS

Mathurins, nous réclamons notre rôle.
Holà ! ho ! becs salés, virons de bord !
Bâbord, tribord, tonnerre de sabord !
Ce sera drôle.

Comme des chats, sur nos coques de noix.
Malin qui nous mettrait le grappin. Bigre !
La hache en main, demandez aux Chinois,
Comme le tigre !

Mais souvenez-vous-en, les blonds Germains :
A vos dépens, n'avez-vous pas, sur terre,
Un jour jugé le foutu caractère
De ces damnés marsouins ?

Dégringolant de notre mât de hune,
Nous irons bien encore, en vauriens,
Les aider, nos amis les terriens,
A vous trouer la lune !

Houp ! houp ! les gas ! Hardi, virons de bord !
Du leste, un coup de tampon ! Bitte et bosse !
Et trou lon la, tonnerre de sabord !
Qu'on s'en flanque une bosse !

EN AVANT !

Les cavaliers, en selle ;
Les fantassins, courez ;
Prompts comme l'étincelle,
Chargez, tirez !

A coups de votre latte,
Les cavaliers, taillez !
Un obus siffle, éclate :
Fantassins, mitraillez !

En est-il un qui tombe?
Allez, serrez les rangs!
Fondez comme une trombe :
Dieu garde les mourants!

Au galop! Faites place,
Enfoncez les carrés!
D'un élan, tous, en masse!
Chargez, tirez!

FANFARE

Le clairon sonne,
Le tambour bat ;
Le canon tonne,
Vite au combat !

Au pas de charge,
Tente le sort ;
Dans le champ large,
Nargue la mort.

La poudre grise,
C'est un brouillard ;
Sans que l'on vise,
Sus au fuyard !

Le feu crépite
Près du tympan ;
Le cœur palpite :
Pan ! pan ! pan ! pan !

Pas de faiblesse
Et pique au flanc.
Si l'on te blesse,
Retiens ton sang.

Dans le vacarme,
Toujours de front ;
Garde ton arme,
Toujours d'aplomb.

Le clairon sonne,
L'ennemi fuit ;
On le canonne,
On le poursuit.

Vive la gloire !
A qui l'aura !
Chante victoire :
Hourra ! hourra !

RETOUR

RETOUR

I

Je vous rends grâces, ô Seigneur !
Vous avez détourné de moi la coupe amère ;
Vous avez essuyé les larmes de la mère,
Et vous avez pansé mon cœur !
L'armée est triomphante, et la paix assurée.
Ce n'était pas un vain espoir :
O mon fils, je vais te revoir !
Je ne me souviens plus de la peine endurée,
Et cette joie est sans remords.
Oui, sans doute, le deuil est sur plus d'une tête :
Je compatis aux maux, et je plains la défaite ;
Je sais ce que l'on doit aux morts !

II

UN SOLDAT.

Dieu soit loué ! la campagne est finie ;
Nous revenons à la terre bénie,
A ce bon pays du soleil,
Où le raisin mûrit vermeil.
Amis, buvons à notre délivrance !
Frères d'armes, de cœur, buvons à notre France !

DEUXIÈME SOLDAT.

Compagnons, savez-vous que l'on s'est bien conduit !
Nous l'avons effacée enfin, la tache noire !
Et c'est juste, après tout. Fraternisons ; à boire !
Ah ! l'on s'est mesuré : deux au moins contre huit !

TROISIÈME SOLDAT.

Approchez, de l'infanterie,
Et vous, de la cavalerie ;

Sans commettre d'excès,
Buvons à nos succès!...
Que sous tes plis, drapeau, s'abrite l'espérance!
Voyez, les opprimés, ce qu'on peut quand on croit.
Pour un temps seulement force prime le droit :
On ne rature pas sur la carte la France!

QUATRIÈME SOLDAT.

Bien!
Son sang est encor trop vivace;
Elle est trop fière, notre race;
Et d'elle on parlera, qu'ils ne seront plus rien!

CINQUIÈME SOLDAT.

C'est le serpent mordant la lime.
Il est trop grand, le souffle qui l'anime!
Quel peuple en l'univers,
Sans crouler dans l'abîme,
Eût subi nos revers?

SIXIÈME SOLDAT.

Et quel peuple eut jamais une plus belle histoire?

SEPTIÈME SOLDAT.

Et quel plus généreux aussi dans la victoire ?

HUITIÈME SOLDAT.

Et toujours prompt à secourir !

NEUVIÈME SOLDAT.

Toujours prêt à s'offrir !

DIXIÈME SOLDAT.

Héritier d'Athènes, de Rome !

ONZIÈME SOLDAT.

Et qui créa les droits de l'homme !

DOUZIÈME SOLDAT.

Teutons, peuple de fer,
A l'arbre défendu vous avez pris la pomme :
C'était dans votre sein vouloir nourrir un ver !

TREIZIÈME SOLDAT.

Teutons, bâtisseurs de casernes,
Teutons, violateurs de lois,
Menez donc vos chevaux paître dans nos luzernes!
Vous l'aviez oublié : nous sommes les Gaulois!

QUATORZIÈME SOLDAT.

Camarade, pourquoi t'isoles-tu dans l'ombre?
Ne viens-tu grossir notre nombre?
Prends part à notre joyeux chœur;
Avec nous bois ce vin de la concorde;
Exprime, comme nous, ce dont l'âme déborde.

QUINZIÈME SOLDAT.

C'est encor trop récent; j'ai trop de peine au cœur!

SEIZIÈME SOLDAT.

Parle, nous te viendrons en aide,
S'il est à ton mal un remède.

LE MÊME.

Hélas ! amis, il n'en est pas.
Il est tombé, mon frère, à mes côtés !... Là-bas,
Je vois les vieux plantés devant la porte ;
Ils comptent les instants jusqu'à notre retour.
Et que leur dirai-je à mon tour,
Quand ils demanderont...? C'est la mort que j'apporte !

DIX-SEPTIÈME SOLDAT.

Bonheur déçu que l'on voit s'envoler.
Tu restes pour les consoler :
Ils auront du courage.

DIX-HUITIÈME SOLDAT.

Nous avons, nous aussi, les parents au village.
Aussi mon père est vieux, et j'étais son printemps :
Arriverai-je à temps ?

DIX-NEUVIÈME SOLDAT.

Notre vertu, que rien ne la démente.
C'est un père, une mère, une sœur, une amante,

Qui nous attendent aujourd'hui;
Mais le soleil d'antan a lui,
Et la France est maîtresse, et c'est pour elle
Une aurore nouvelle!
A nous de lui donner son lustre d'autrefois;
Que l'union, sans quoi rien ne se fonde,
Assure son rang dans le monde :
« Fais ce que dois! »

III

L'ombre s'étend, l'Astre décline :
C'est l'heure où la nature assoupit les regrets ;
Le disque rougissant s'éclipse par degrés,
Irradiant sur la colline.
L'être sent je ne sais quoi de délicieux
Qui l'imprègne, qui le captive ;
Et telle une rose, hâtive,
Sous la fraîcheur du soir s'épanouit aux yeux.
C'est en moi comme une détente.
Comme un convalescent, je goûte tout le bien
Qu'à jamais je croyais disparu ; je n'ai rien
Plus que la fièvre de l'attente.

IV

Je suis au terme du chemin :
Ma mère, tu vas être heureuse !
J'arpente la route poudreuse.
Vers toi je m'éveille demain :
Tu viendras, mère que j'admire,
Dès le matin de mon retour,
Aux premières lueurs du jour,
Recevoir mon premier sourire.
Longuement tu m'embrasseras ;
Tu te paieras avec usure,
Nous faisant, comblant la mesure,
Comme un collier de nos deux bras.
Il ne sera si douce fête :
Anges, vous chanterez en chœur !
Et là, près, tout près, sur ton cœur,
Mère, je poserai ma tête.

V

L'Angélus... Comme il sonne clair!
J'écoute... Le soleil de plus en plus recule;
L'enchantement grandit avec le crépuscule,
Et c'est une magie en l'air.
La brise a des parfums, elle glisse et vous flatte...
Est-ce une illusion? O Ciel!
Non, ce serait par trop cruel!
Je l'ai bien vu. Mon fils! ah! ma poitrine éclate!
Oiseaux, prêtez-lui votre vol,
Que la courte minute encore soit plus brève!
Il me tarde. Mon fils! Non, ce n'est pas un rêve.
Viens! moi, je suis clouée au sol!

VI

« Oui, c'est moi ! ton enfant ! ma mère !...
— Ton corps est plus robuste, et plus mâle ta voix.
— Cela bronze un homme, la guerre.
— Tu ne me quittes plus ? Tu restes, cette fois,
Pour longtemps, je l'espère ?
Il te faut à mes jours !
— Toujours ! »

TABLE

A PARIS

DES PRESSES DE JOUAUST ET SIGAUX

Rue de Lille, 7.

www.ingramcontent.com/pod-product-compliance
Ingram Content Group UK Ltd.
Pitfield, Milton Keynes, MK11 3LW, UK
UKHW022128190726
13855UKWH00003B/1068

9 782013 595162